과분한 사랑 주심에
항상 감사드립니다!

GARBAGE TIME

DASAN
COMICS

매일매일 새로운 재미, 가장 가까운 즐거움을 만듭니다.

한국을 대표하는 검색 포털 네이버의 작은 서비스 중 하나로 시작한 네이버웹툰은 기존 만화 시장의 창작과 소비 문화 전반을 혁신하고, 이전에 없었던 창작 생태계를 만들어왔습니다. 더욱 빠르게 재미있게 좌충우돌하며, 한국은 물론 전세계의 독자를 만나고자 2017년 5월, 네이버의 자회사로 독립하여 새로운 모험을 시작하였습니다.
앞으로도 혁신과 실험을 거듭하며 변화하는 트렌드에 발맞춘, 놀랍고 강력한 콘텐츠를 만들어내는 한편 전세계의 다양한 작가들과 독자들이 즐겁게 만날 수 있는 플랫폼으로 거듭나고자 합니다.

#19
가비지타임
글 · 그림 2사장
GARBAGE TIME

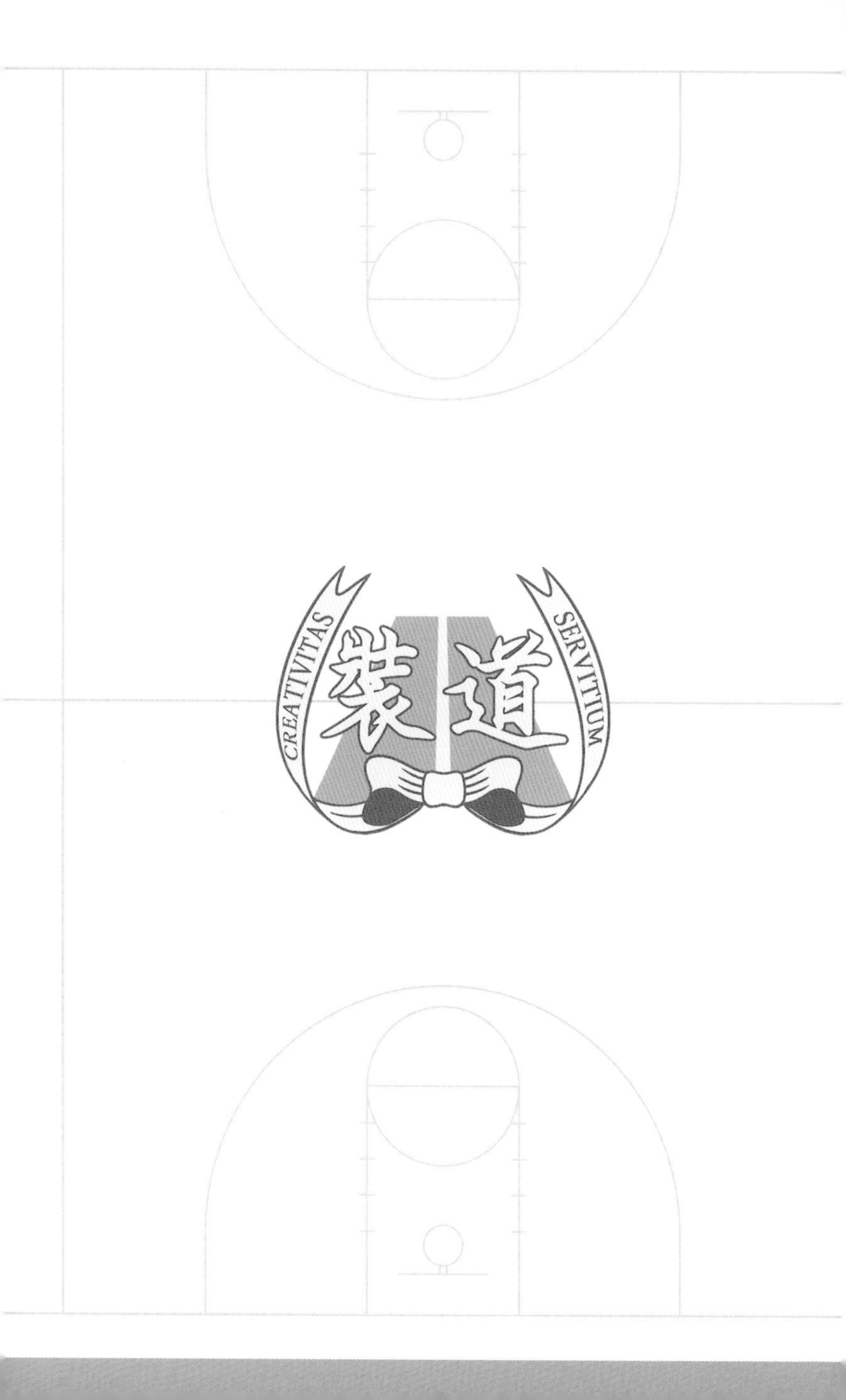
CREATIVITAS
裝道
SERVITIUM

CONTENTS

GARBAGE TIME

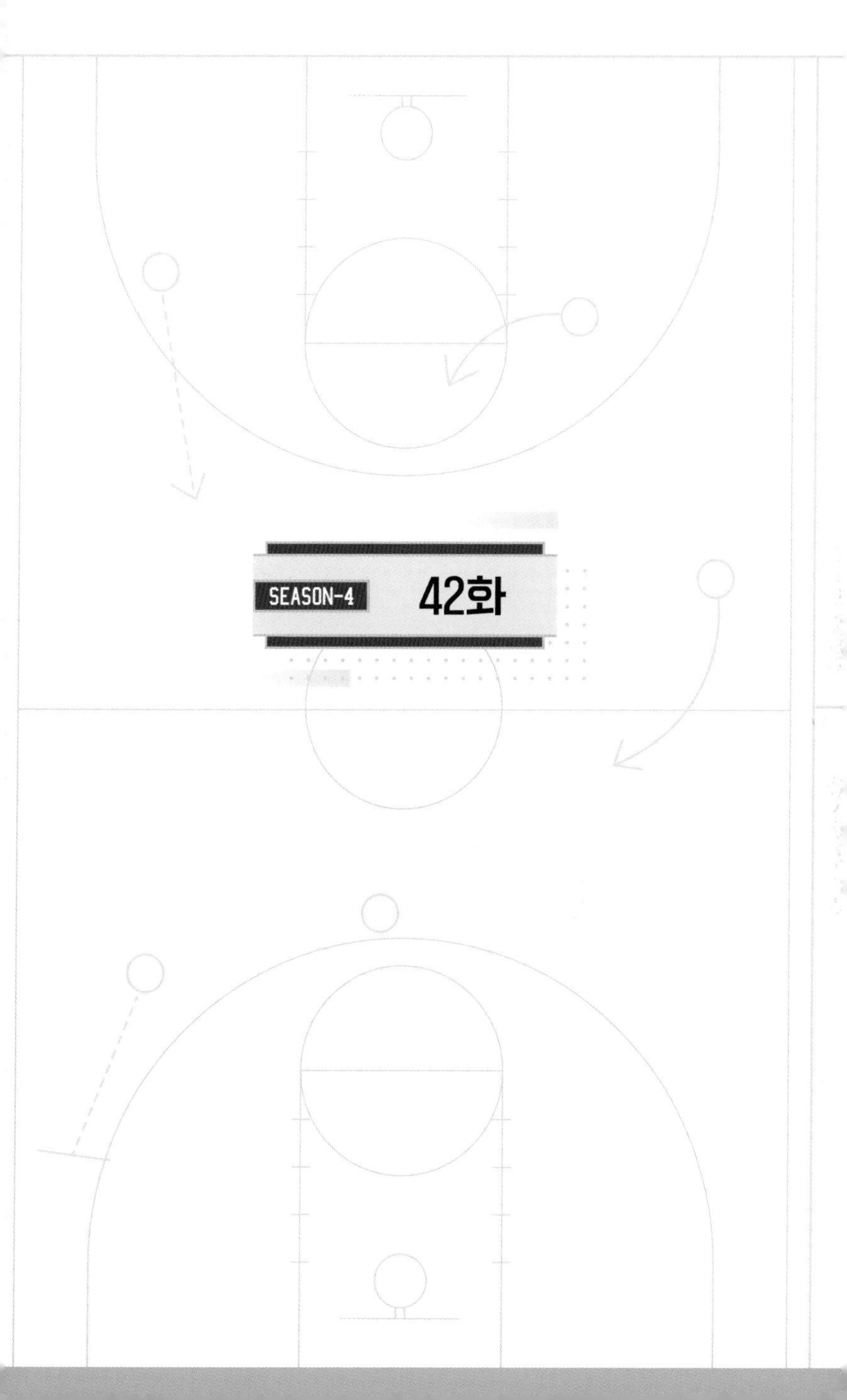
SEASON-4
42화

GARBAGE TIME

허접 X끼.
너같이
실실거리기나
하고

진지하지 않은
놈들을 보면
짜증이 나.

팡
이길 자격도
없는 놈들.

탕
농구는

내가 더
오래 했어.
JISANG

연습도

내가 더
많이 했어.

여기 있는
누구보다

내가

더…

간절해.

뻐
억
앤드원!!!
으아아악!!!

돌았다,
저게 뭐야!?
개쩌는
원맨 속공!!!
마지막에
몸을 틀고
덩크하면서
블록을 피했어!
02 : 37
장도고 지상고
4
82 : 81
괴물
같은 놈!!!
아직도
저렇게 뛸 힘이
남아 있었냐고!?
그 와중에
23번 파울
네 개째!
지상고
X됐다!
이제 파울
더 못 해!
한 번 더 하면
퇴장이야!
아 X바
진짜…!

추가
자유투
1구!
휘익
오케이!
촤아
02 : 37
장도고 지상고
4
83 : 81
최종수
앤드원 플레이
완성!
염병,
최종수에
임승대에…
안 그래도
임승대 패스 때문에
막기 까다로운데…!

*볼 소유권, 공격 기회.

집중해서
해!
탕
JISANG
31

휘익
JISANG

6번
오픈!
턱
최종수 너무
들어와 있었어!

쏴!

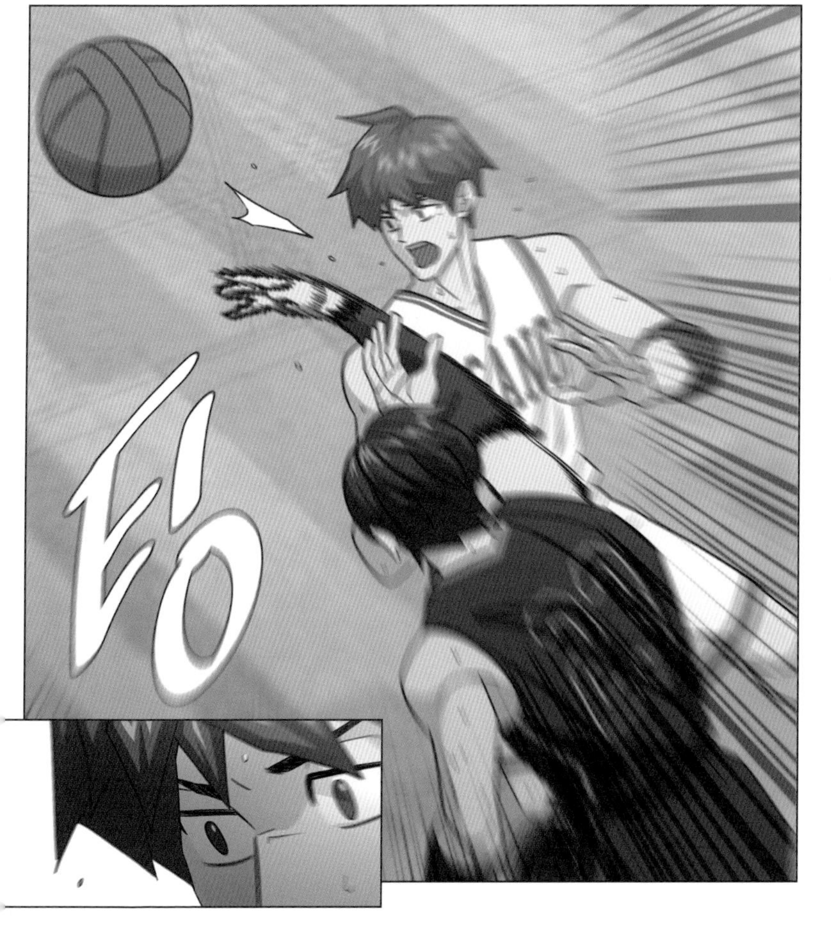
팅

스틸!?
툭
탕
슛 페이크
완전 읽혔어!
두 포제션
차이는 안 돼…!
앞에
아무도 없다!

찍어버려!

삑

아

JISANG
6

JISANG
6
5

또…

JISANG
6
6

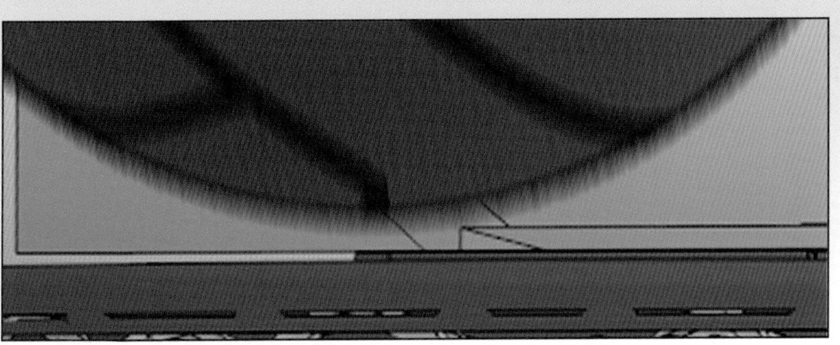

내 때문에 지는 기가…?

와아아악!!!
연속 앤드원 플레이!!!
02 : 22
장도고 지상고
4
85 : 81
최종수 미친 자식!
저거까지 집어넣냐고!?

그리고 6번마저 이제 파울 네 개째!

파울 관리 잘해오다가
하필 이 타이밍에
쓸데없는 반칙을…!
방금 건
그냥 점수 줬어야지,
멍청아!
대체 왜 그런
되지도 않는 스틸을
시도한 거야!?
턴오버에다
앤드원 파울까지
6번의 연속 미스.
한순간에
마이너스 5점짜리
플레이…

게다가
네 번째
반칙까지.
추가 자유투!

너무 치명적인
대형 사고다.
촤악

6번의 실수로
02 : 22
도고 지상
4
86 : 81
흐름이
완전히 넘어갔어.

5점 차…
지상고가 만약
이번 공격마저 실패하고
실점까지 한다면
7 내지 8점 차.
세 포제션
차이.

2분여 남은
지금 시간대에
세 포제션 차이는
절망적이다.
석점슛 한두 개를
포함하면서 공격을
세 번 성공시키고 수비까지
전부 성공해야 따라잡을 수 있는
차이가 되는 거지.

헤이! 헤이!
이거!
이번 공격은

반드시
성공시켜야
된다…!

휙

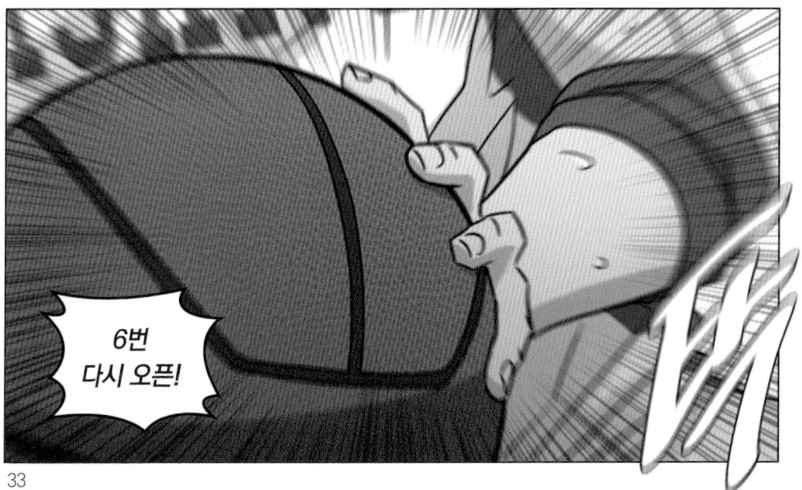
6번
다시 오픈!

우 장도고등학교
휙
JISAN
6
이번엔
패스!?
내가…
JISAN
16

코너에서만
던진다는 걸
알고 있어…!

GARBAGE TIME

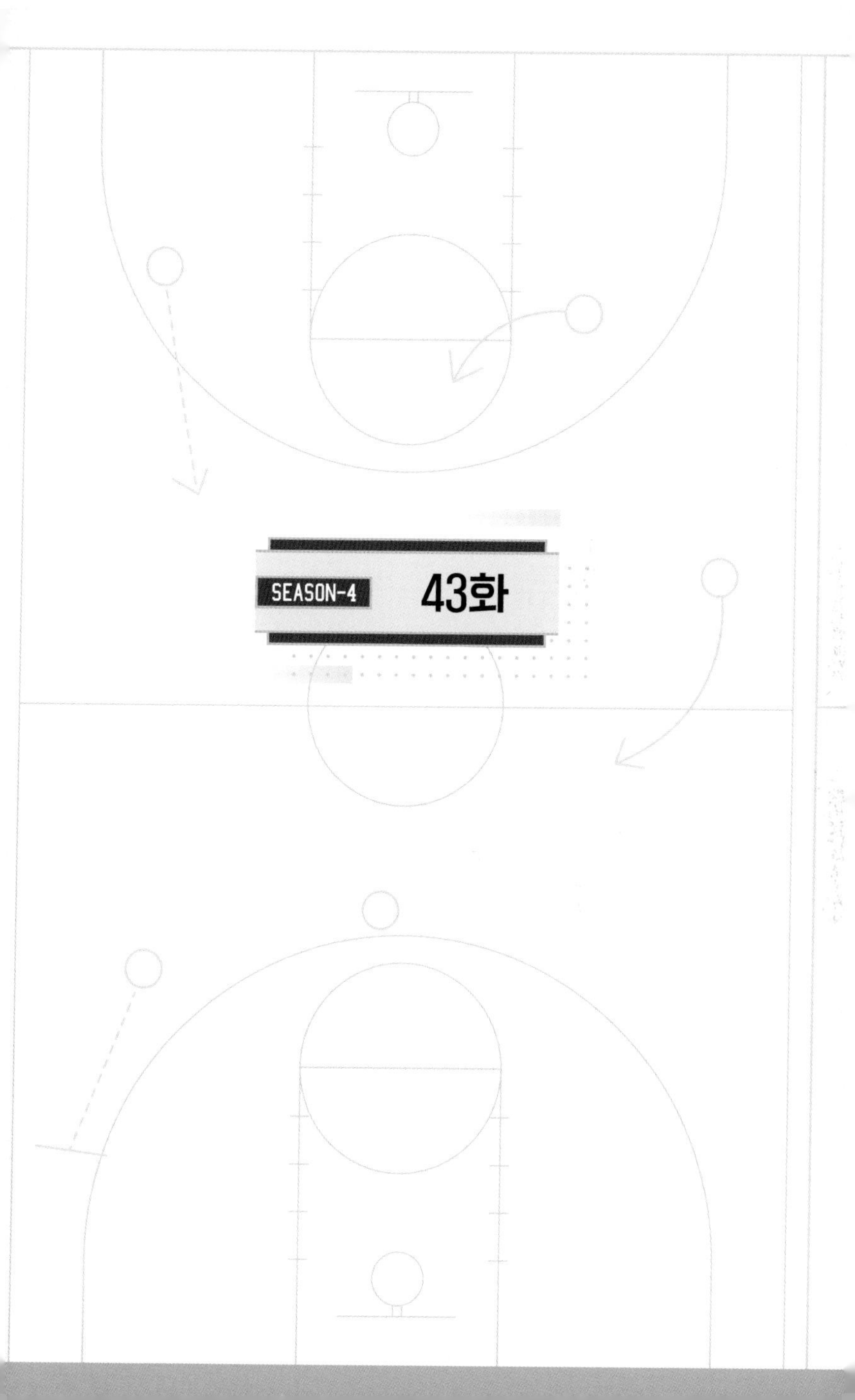
SEASON-4
43화

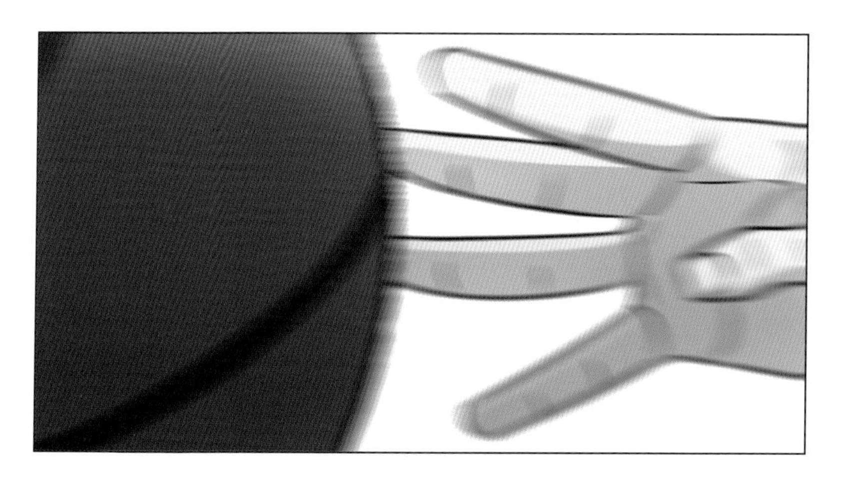

회
볼 놓쳤다!

루즈볼!
탕
잡아!

탁
오케이!

샤클락
5초!
USANG
23

공태성!

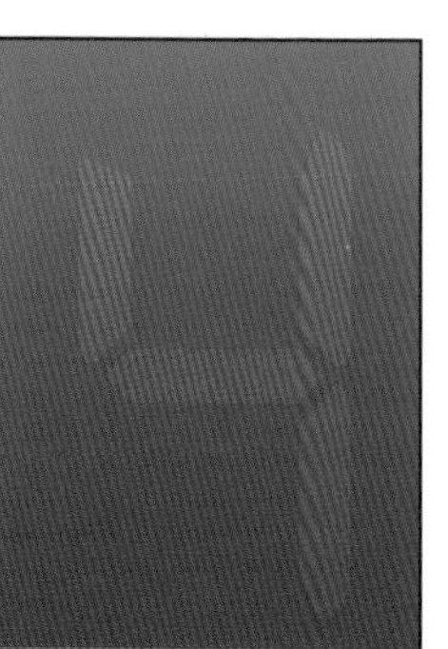

덩크해!

최대한

가슴에
맞춰서…

쓰리!

턱

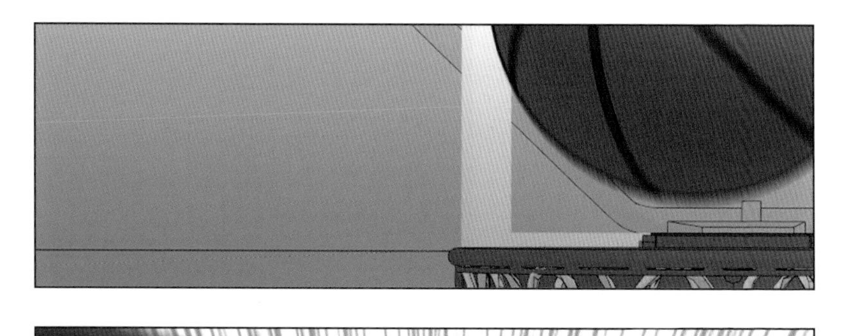

차악

…!!!

우와아아아악!!!
01 : 59
장도고 지상고
4
86 : 84
지상고
생명 연장
3점 앤드원
작렬!!!

이번에 못 넣었으면
위험했는데
중요한 득점 잘해줬어!

오~
공태성
그런 패스도
할 줄 알았어?

…운 좋게 눈앞에
딱 보였네요, 뭐.
뭐 어쨌든

굿패스다.
흥

추가 자유투까지 넣으면 한 방에 1점 차까지 따라잡는 거야!

4점 플레이 가자!

아아 까비!

추가 자유투는
실패!
......

…?
백코트!

6번 반칙
네 개다!
수비 제대로
못 해!

종수
위주로 가!

뚫었다!

굿샷!!!
최종수!!!
01 : 50
장도고 지상고
4
88 : 84
코트 넘어오자마자
순식간에
뱅크샷 득점!

쳇…
me OUT
지상고
타임아웃!

아이고
현성아~!
타임아웃이
항상 늦어~!

처음
앤드원 줬을 때
불렀어야지.
이미 흐름
다 넘어갔잖아~!

참…
여기까지
쫓아왔는데

이렇게
허무하게 놓치면
안 되잖아….

그래.

너한텐
그런 얼굴이
더 어울린다.

6번
너무 무기력하게
뚫린 거 아니야?

별수 있나.
4파울이라.
1학년이잖아.

최종수한테
30~40점 먹히는 건
상수야.
이 정도면
할 만큼 했지, 뭐.

상호 인마,
와 이래 풀이
죽어 있노!?
탁
잘하고
있구만….

감독님.
저
교체해주세요.

반칙 네 개라
수비도 제대로
못 하고…
게다가 장도고가
알아버렸어요.
제가
코너에서밖에
못 떤진다는 거….

제가
할 수 있는 게
이제 아무것도
안 남아 있어요.
JISANG

이대로면…

아무것도
못하고…
…지게
될 거예요.

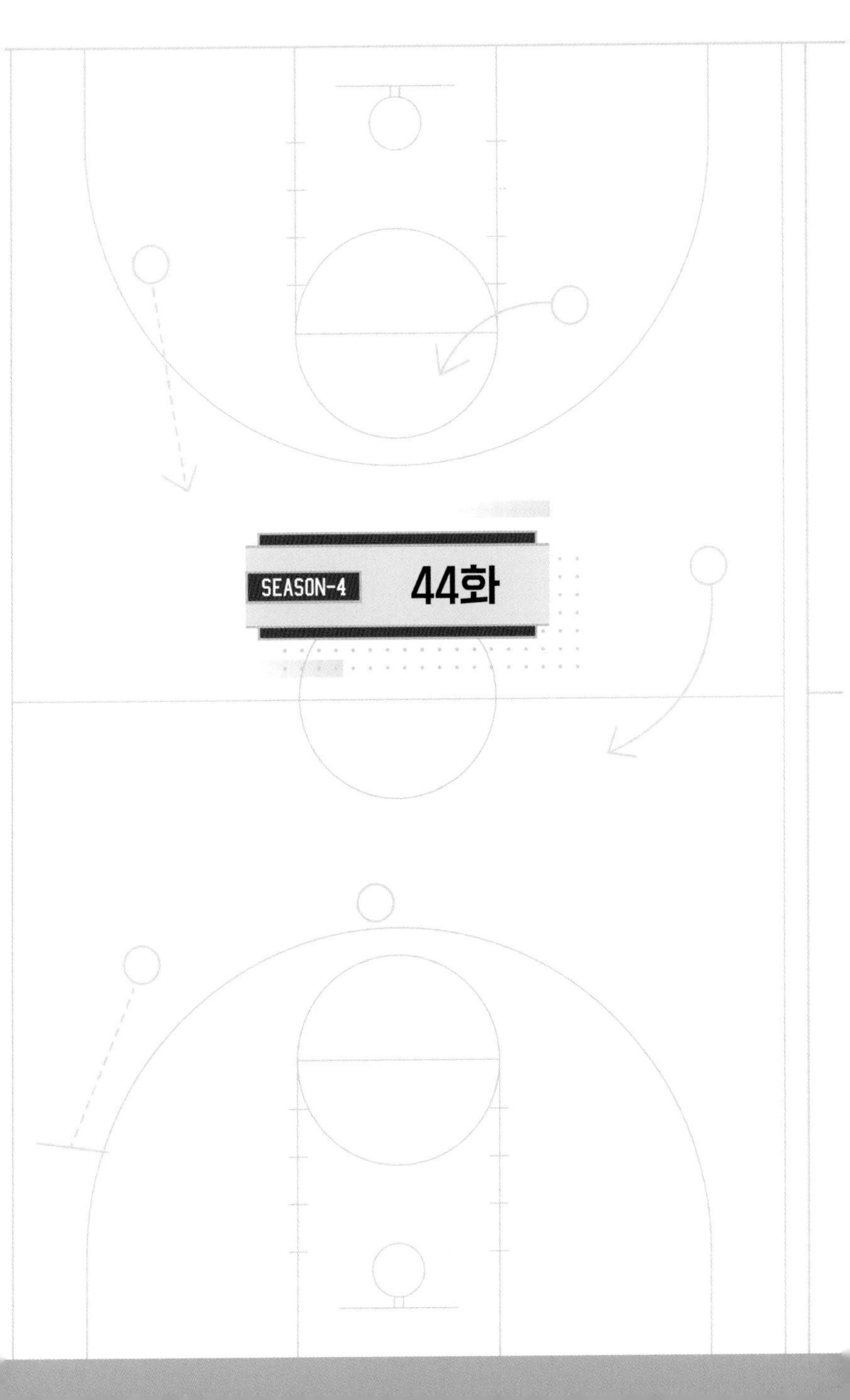

SEASON-4 44화

GARBAGE TIME

……

교체는 안 돼.

희차이 팔도 안 좋은데 교체할 사람이 누가 있다고.
글고 코너에서만 떤진다고 알면은 어쩔 긴데? 니가 코너에 서 있기만 해도 얼마나 도움 되는데.
정 안 풀리면은 탑이나 윙에서 떤져가 하나 꼽으면 그만 아이가?

그건 성공률이…
짜피 시간 얼마 안 남았으니까는 파울도 신경 쓰지 말고 하던 대로 해라, 하던 대로.
짜슥, 잘하고 있구만. 일단 앉아서 쉬어라.

……
ISANG

협회장기가 끝나고
얼마 지나지
않았을 때
상호는
나를 찾아왔다.

이번
쌍용기까지만
하고

농구는
그만하려고요.

JIS.

솔직히
재능도
없잖아요.

원중고 때도

양훈사대 때도

다
제가 들어가서
졌잖아요.
JISANG

뭔 소리고!?
니 얼마나
잘했는데!?
잘한 장면이
훨씬 많구만….

하하
그런 말을 듣는 건 항상 기분 좋지만
감독님이니까 좋게 얘기해주시는 거 알아요.
농구부에 사람도 부족하니까….
전혀 아인데!?
니 인마, 우리 쌍용기 때 8강 가고 4강 가고 우승하고 이래 성적 잘 나와도 그만둘 기가?
우승이요?
하하
그러면 좋겠지만…

밥 먹듯 우승하는
장도고 선수들도
태반은 프로에
못 가는 마당에
저처럼
재능 없는 애가
팀원들 덕에 우승 실적
채운다고 좋은 대학에서
뽑아줄 리도 없고…
뭐, 어쨌든
아무리
많이 이겨서
올라간다 해도
그게 제 덕은
아닐 테니까요.

……
이래저래
계속 설득을
해봤지만
상호는 이미
마음을 정한 것처럼
보였다.

……
상호 니

농구는
어쩌다
시작했노?
농구요…?

별 특별한 이유는
없었어요.
남들처럼
그냥…

농구가
좋았거든요.
너무
재밌었어요.
6학년 때인가
중1 때인가
아부지가 볼을
사 오셨는데
볼 갖고 노는 게
너무 재밌어갖고
하루 종일 볼만
튕기고 놀았어요.
농구 골대도
하나 없는 동네라
주차장에서 그냥
튕기기만 했는데도
좋더라고요.

하루는 비가
왕창 쏟아지는 날이었는데도
홀딱 젖어가면서 볼 갖고 놀다가
자빠져가지고 뒤통수가
깨진 적도 있었어요.
하하
그 정도로
좋아했었는데…
저는
팀에 필요 없는
선수고
민폐만 끼치는
놈이란 걸
알게 되니까

이젠

딱
한 번만이라도

도움이
되어보고
싶었는데.
벅
억
지상고
빨리 나오세요!

결승까지
올라왔으면은 상호도
생각을 바꿀 거라
생각했는데…
올라오는 동안 그렇게 잘해왔으면서

이기면 팀원 덕분.
지면 자기 탓.
가혹하다는
생각이 들 정도로
본인 재능에
야박하고
팀원들한테
폐 끼치기를
극도로 싫어하는…
사려 깊은
녀석.

상호도
알고 있겠지.

우승 실적이
생긴다는 게
팀원들…

특히 3학년인
재유와 준수에게
어떤 의미인지.

만약
01 : 50
장도고
지상고
4
88 : 84
고교 시절 동안
다시 올지 모를…
우승 기회가 달린
이 결승전을 이대로
패배하게 된다면

어쩌면
상호의 결정을
다시는 돌이킬 수 없을지도 몰라.

반드시
그런 일은 없게 만들 거다.

탕

탁
와이드 오픈!
파
3점!

감독님.
저 오른손을 아주 조금 다쳤는데…

어!?
언제!?
아까 밟혔거든요.

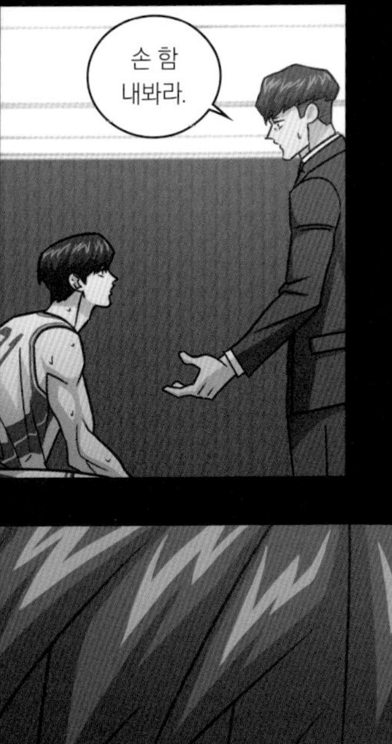

아뇨
감독님.

……
슛 떤질 수는 있나?

솔직히 병원도 안 갈 정도로 ㅈ도…

… 아무것도 아닌 부상이라 던질 수야 있긴 한데 이게 스냅 줄 때 손등 쪽이 약간 찌릿하는 게 있어가지고…

정확도가 문제다?

*공격자가 수비자를 자신에게 끌어당겨 코트의 공간을 넓히는(스페이싱) 힘.

하…
일단은
이대로 계속
해보자고.

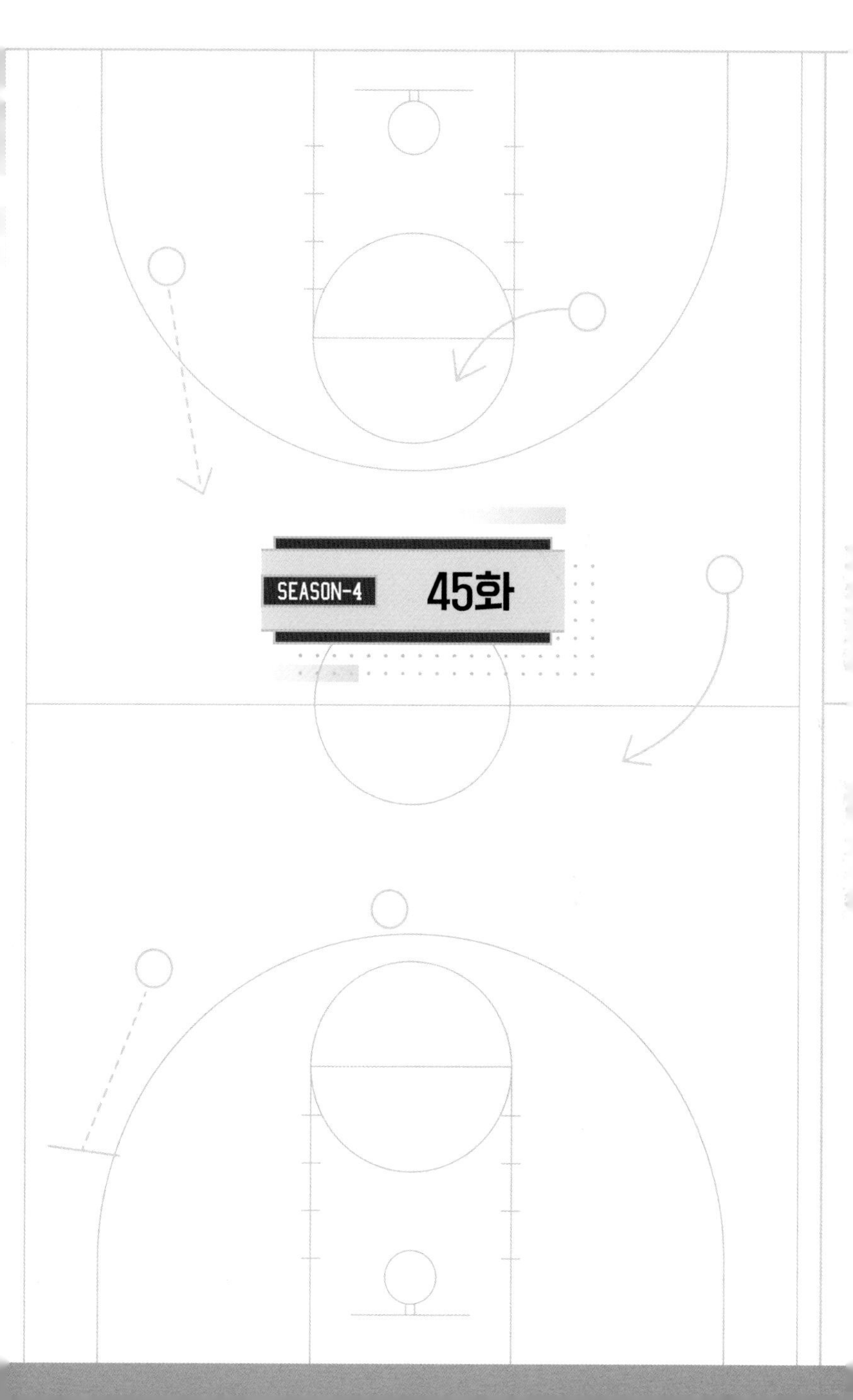
SEASON-4
45화

GARBAGE TIME

미스!

아아…!!!
백코트!

아 X ㅅ, 손이
미끄러져서…!

벌써
1분 대야.

6점 차 이상으로
벌어지면
답이 없다고…

01 : 39
장도고 지상고
4
88 : 84

감독님.

전
무리예요.

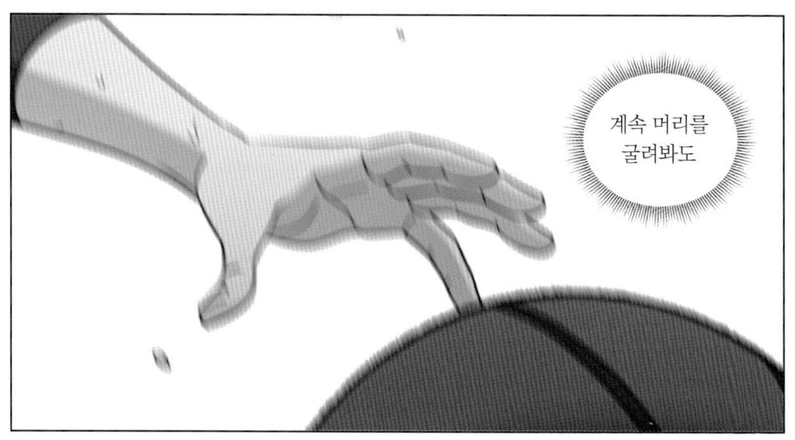
계속 머리를
굴려봐도

턱
최종수에겐
아무런 약점이
없어요…!

찢고 들어간다!
훅

탁

훅

탁
임승대 찬스다!

공태성!
크윽…!

23번
파울 네 개라
수비 못 해!
끝내버려!!!
파
앗
미안한데

저 X끼
X신이라

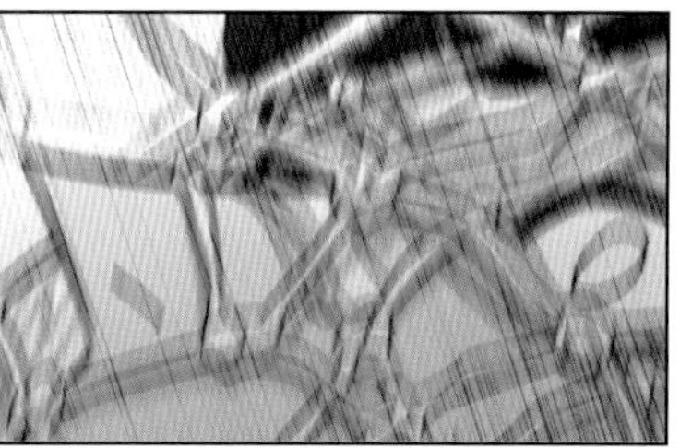

JISANG
23
4
그런 거
신경 안 써.

탕
블록슛!?
투핸드 덩크를…!

커헉!
쳇…!
슝

탁
하지만 볼은
아직 장도!

헤이!
파

바로
이 대 이!
됐다!

찍어버려!

염병, 최종수에 임승대에…
안 그래도 임승대 패스 때문에 막기 까다로운데…!
……

아뇨.

임승대가
화려한 패스 한번
성공했다고 거기에
현혹될 필요 없어요.
그런 플레이를
다시 재현할 수 있을
가능성은 낮아요.
임승대한테
그만한
패싱 센스는
없거든요.

아까 태성 햄이
이른 타이밍에
노수민을 버리고
헬프를 왔는데
임승대는 저를
앞에 두고 득점을
하려고 했어요.
아무리 미스매치 상황에
자신이 있다 해도
골 밑 노마크 찬스보단
확률이 낮을 텐데도
말이에요.

아직
확실하지는
않지만
임승대는 코트 전체를
파악하고 상황에 따라
슈팅을 할지, 패스를 할지
선택하는 게 아니라
심리전을
하듯이
슈팅과 패스,
둘 중 하나의 결론을
미리 정해두고
우리한테 보여주는 게
아인가 싶어요.
그라믄
어예 해야
되는데?
똑같이
심리전 하듯이
임승대한테
혼란을 줘야죠.
어쩔 때는
헬프를 안 가고
어쩔 땐

강하게 가고.

쾅

끼기기긱
턱

볼을…

잡았어…!?
백…

백코트!
01 : 25
장도고 지상고
4
88 : 84

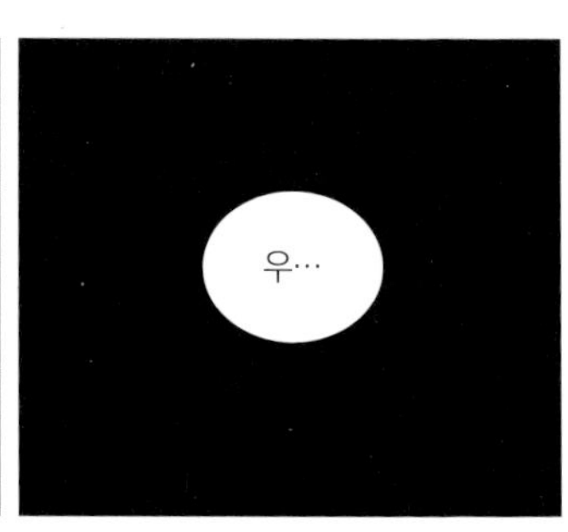
우…

우오오오옷!!!
JISAN
23
싸나이는
기합이다!!!

…?

마!
기상호!
죽상 짓지 마라!
내까지
우울해지니까!

방금도
니 말한 대로 해가
겨우 막았다고!
끝까지
제대로 뛰어라.
경기장

햄이 끝나면
까까 사 줄 테니까.
JISANG
23
JISANG
6

님.
여태껏
잘 이겨내왔잖씀.

여기서
무너지지 마셈.
JISANG
7
거
캐붕임.

야.
짜증 나니까
코트에서
징징거리지 마.

지상고등학
게임 아직
안 끝났어.

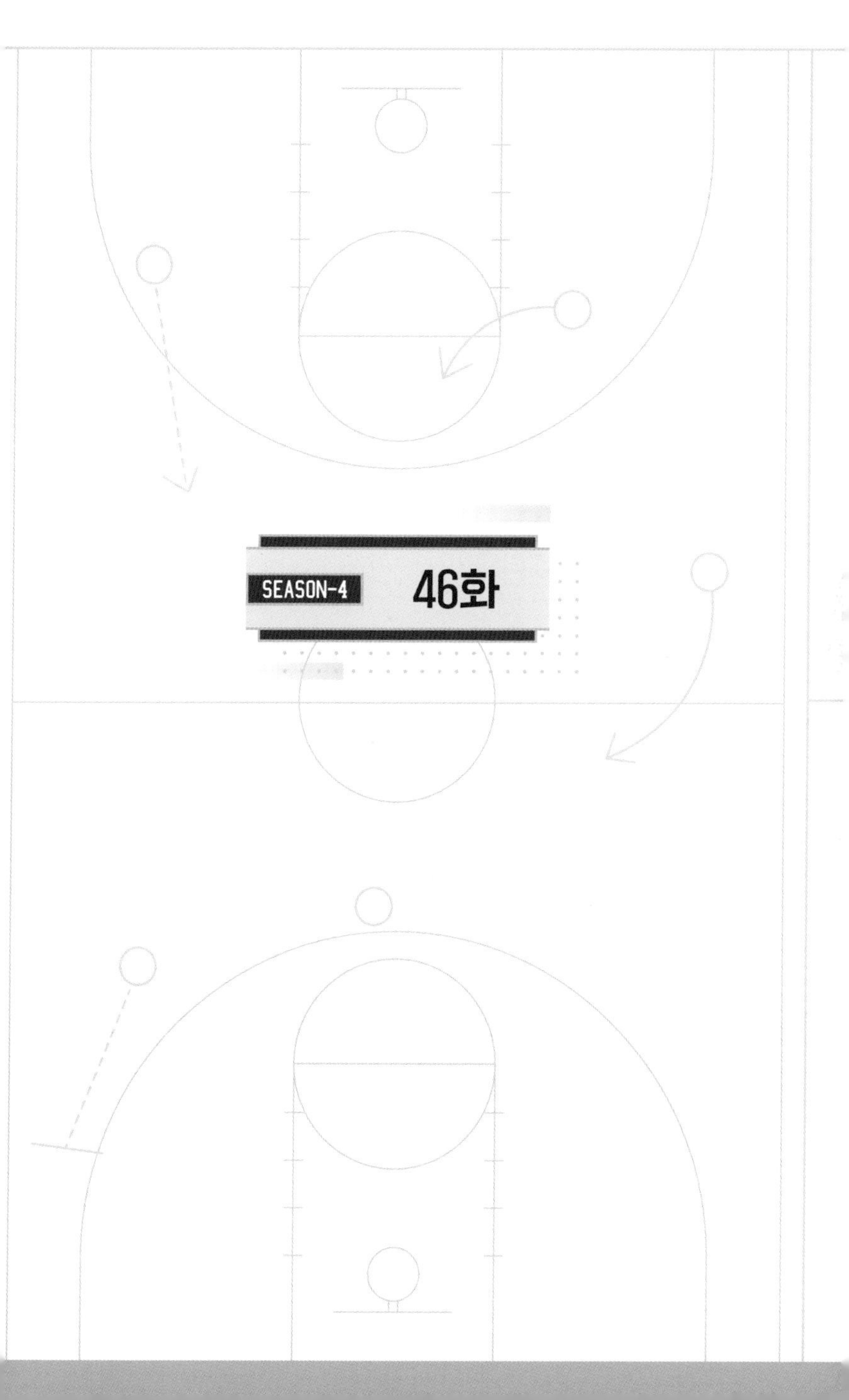
SEASON-4
46화

GARBAGE TIME

제발…

이제
1분 20여 초밖에
안 남았어….

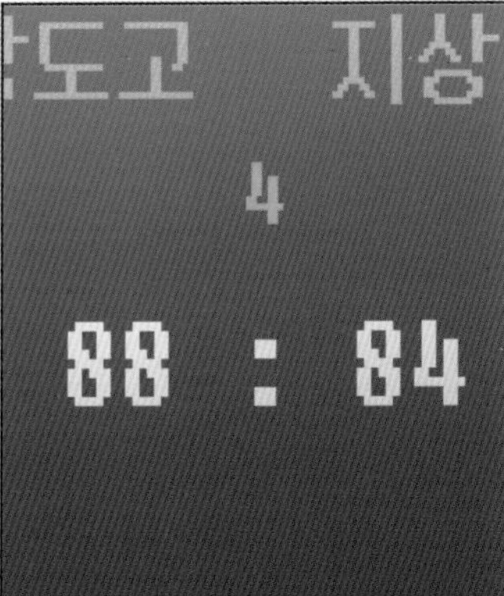
4
88 : 84

이번엔 꼭…

한 포제션
차이로
줄여놔야 돼…!

휙

반대 사이드로 킥아웃!
슈팅 찬스!

쓰리!!!
휙

제발…!
왔…다!!!

길어!

텅

리바!!!

아자앗!

아아…!

백코트!

하~!!!

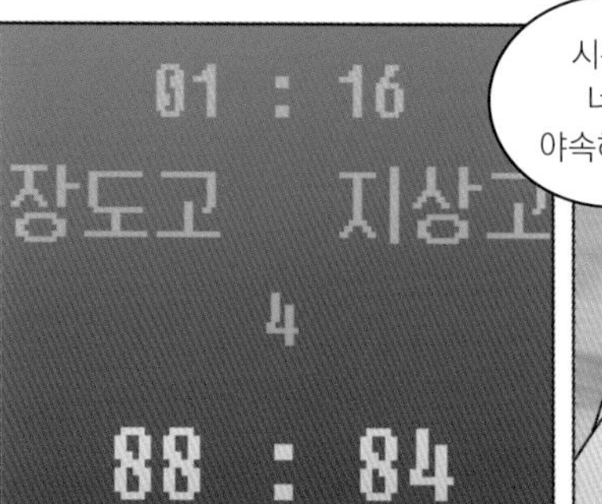
01 : 16
장도고 지상고
4
88 : 84

시간이 너무 야속하다….
오픈 찬스 겨우 만들어줬는데….

이번에 실점하면 6점 차 이상…
그다음부턴…
장도고는 시간 충분히 보내면서 천천히 공격하겠지.

사실상
이번이 마지막 수비 기회야.

제발…
딱 한 번만 더
막아보고
싶다고….

JISANG
6
JISANG
23

격려
받았는데….

그렇게나
JISANG
7

딱 한 번만이라도

탕

도움이
되어보고
싶었는데.

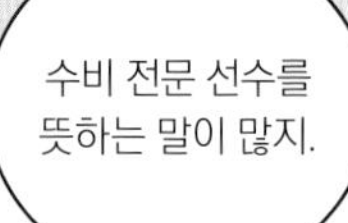
수비 전문 선수를
뜻하는 말이 많지.

수비
스페셜리스트
락다운 디펜더
에이스 스토퍼.
뭐시기, 저시기
등등.

어찌 보면은
농구 경기에서 제일
불쌍한 놈들이지.
늘
가장
어려운 상대와
매치업 해야 하는
역할이니.

주목은
받지 못하면서
책임만이
막중하지.
게다가
아무리 우수한
수비수라도
매 경기
30점씩 때려 박는
에이스를 무득점으로
막을 수는 없다.
주인공은 절대
못 될 운명이네.
맞제?
JISANG
6

근데

모든 득점을 다
막을 수는 없어도

그게
'에이스
스토퍼'다.

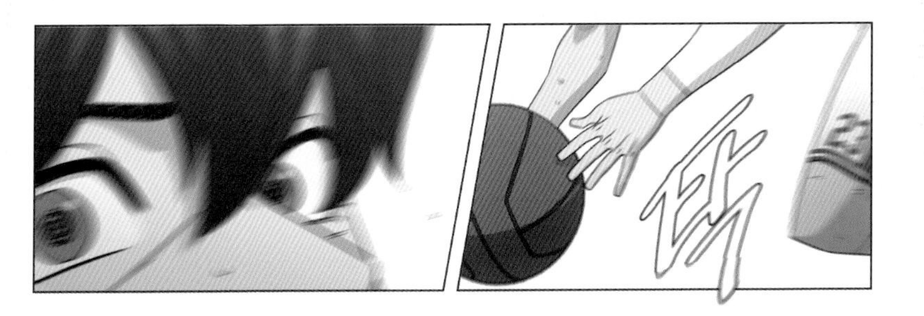

턴오버!?

뛰어!
최종수 따라잡는다!
마무리해!!!

우 장도고등
승

에이스 스토퍼
이게…
니가
그동안

우리를 위해
해왔던 역할이다.

코트에서
입 터는 거는
사람 가려가면서
하래이.
가끔

열받으면
더 잘하는 놈이
있으니까.

01 : 00
도고 지상
4
88 : 86

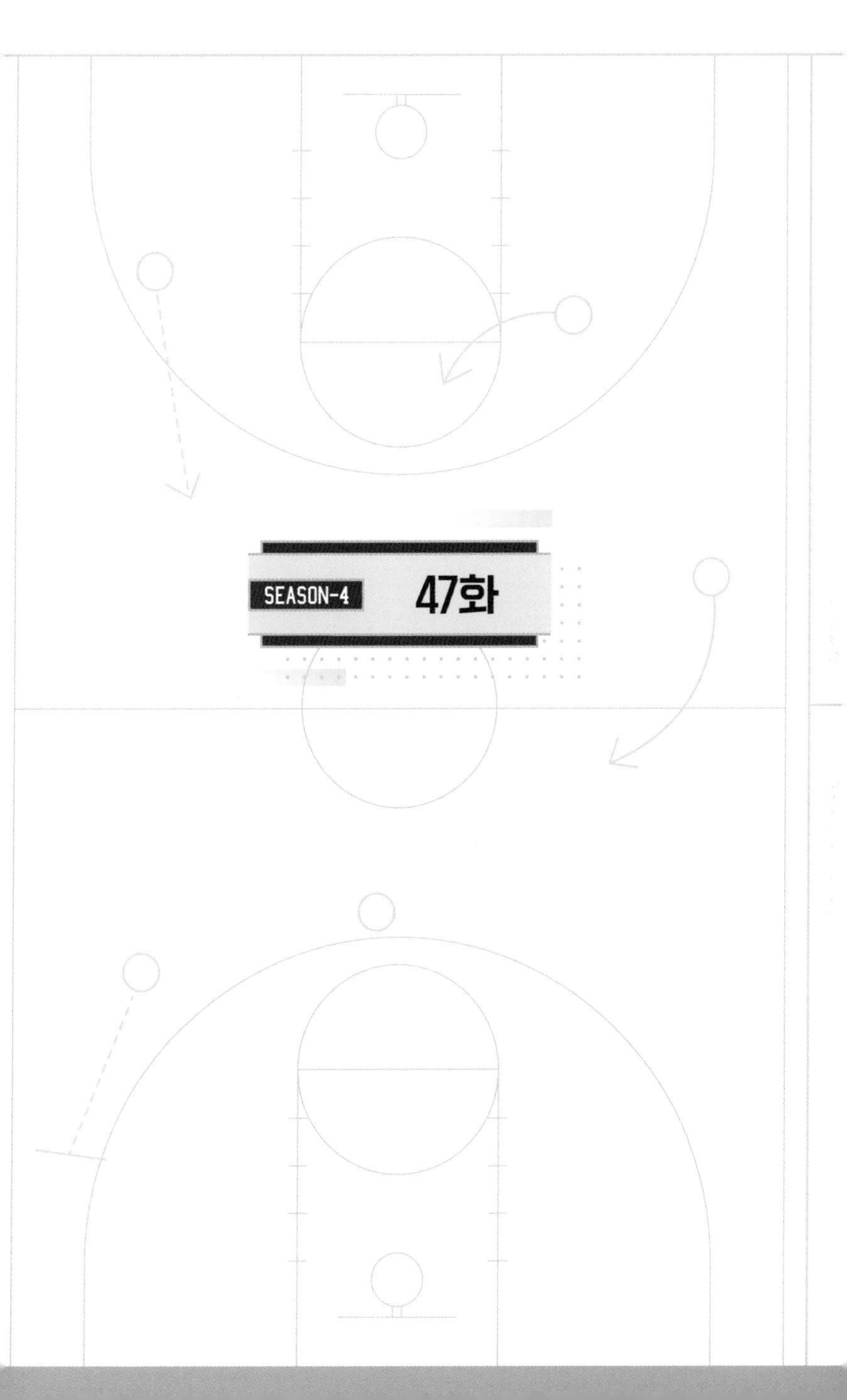
SEASON-4
47화

GARBAGE TIME

우오오오옷!!!
앤드원!
자유투까지 넣으면 1점 차다!
4
88 : 86

지상고 4쿼터 득점 33점째!
미친 거 아니냐고!?

뭐지…?
어떻게 스틸을….

추가 자유투 1구!

제발…

들어가라…!

텅
텅

미스!!!

아아…!

3점
플레이는
실패!
백코트!

헤이!

망할 자식…
개같이 못하는 주제에 실실대지 말라고….

아무런
미래도 없고
그럴 자격도
없는 주제에

계속
그렇게…

덤벼들지
말란 말야…!

온다!

우와아아악!!!

인유어페이스!!!
00 : 50
장도고 지상고
4
90 : 86

최종수
순식간에
득점 성공!

다시
두 포제션
차이다!

재유 햄!
여기서 샷클락 다 써서 공격하면 다음 공격 때 시간 빡빡해져요!
한 타이밍만 서둘러요!
훅
찬스다!
탁

마무리해!!!
까불지…

…마!!!

블록슛!!!
팅

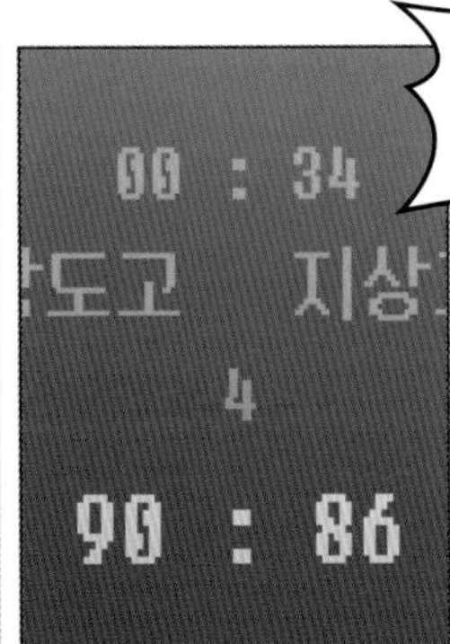
00 : 34
4
90 : 86

아웃 오브 바운드!

다행히 공격권은 계속 지상고!

X발
일어나!
게임 아직
안 끝났어!!!
하 씨…

헤이! 헤이!
이거!

지상고
사이드라인 패턴
준비한다!

파
31번!

준수 햄은 미끼.
진짜는…
파
재유 햄…!

*5초 바이얼레이션:
인바운드 패스 상황에서 5초 이내에 패스하지 않으면 공격권을 잃는다.

태성 햄!!!

!!!???
필승! 지상고
JISANG
6
6
툭

6번!!!
직접 돌파!?
마무리!!!

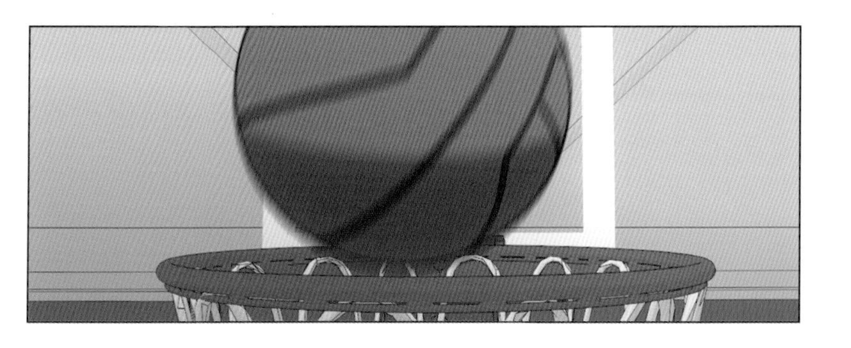

00 : 32

장도고 지상고

4

90 : 88

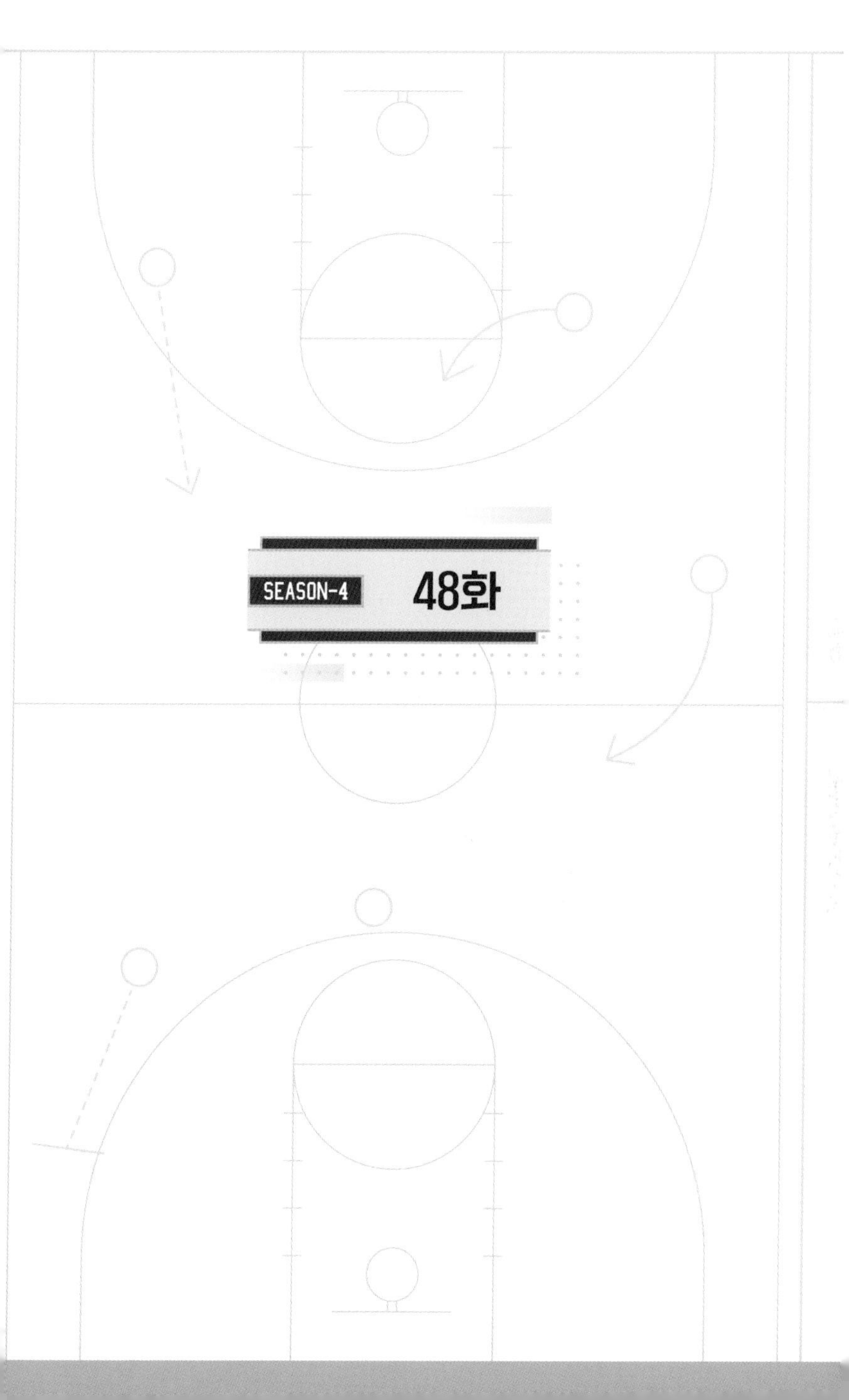
SEASON-4
48화

GARBAGE TIME

우,
와아아악!!!

더블클러치
득점!
Time O
장도고
타임아웃!

님
미친 거
아님!?
못 넣었으면
죽여버리려고
했어!
찰싹
찰싹

마!
아직
지고 있다!
빨리 뛰온나!
예, 옙!

32초…
별일 없는 한
공격권은
양 팀이 한 번씩
남은 상황.
장도고의
이번 공격을
막아내지 못하면
00 : 32
도고 지상
4
90 : 88

여기서
패배가
확정된다.
JISANG
7
JISANG
6

농구에서는
꽤나 많은 점수가
수비 측의 실수로 인해
만들어진다.
순간적으로
매치업 상대를 놓친다든가,
수비자 둘 사이에 애매하게 위치한
공격자에 대한 마크를
서로 미룬다든가 하는
실수들.

하지만
수비의 적극성과
집중력이 극한에 달하는
클러치 상황에서
이런 실수는 거의
일어나지 않는다.
00 : 32
4
90 : 88
오히려
조금이라도
안일한 패스를 돌렸다간
커트당할 뿐.

이런 때에
최종수라는 슈퍼 에이스를
보유한 장도고가
아이솔레이션을 하지 않을
확률은 적다.
상호가 몇 차례
턴오버를 유도해내긴 했지만
오늘 최종수의
일대일 득점 볼륨과 효율은
그것을 충분히
상쇄할 정도였으니.

다음 공격은
높은 확률로
최종수의

일대일이다.

자신 있지?
당연하죠.

좋아.
샷클락에 딱 맞춰서
24초를 보내고
득점에 성공한다 한들
지상고에겐
8초가 남는다.
게다가 타임아웃까지
하나 남아 있기에
슈팅 한 번 시도하기엔
넉넉한 시간이지.

저쪽엔
24초 밑으로만
남겨주면 된다 생각해.
그 뒤로는
더 이상 시계 신경 쓸
필요 없어.
복잡하게
생각하지 말고
슈팅 찬스 보이면
주저 말고 던져라.
예.
양 팀
나오세요!

상호!
패스부터
짜를라고 하지 말고
정상적으로
수비하래이.

할 수 있다.

야.
나 헬프
안 갈 거야.
니 선에서
끝내.

상호.
최종수
못 막는다고
우리 중에 니한테
뭐라 할 수 있는 사람
아무도 없다.

맘 편하게
하래이.
니는
니 생각보다
농구를
잘한다고.

마.
믿는다.
나도임.
부탁한다,
상호!

상호!

떨어져!
오케이!
거서 기달려라!
너무 나가지 마래이!
한 방에 뚫린다!
시간 걍
보내라 해!
공격권
넘어오면 바로
타임 부를 겁니다!

아.

다리가
후들거린다.

내가

할 수 있을까…?
꿀꺽

들어와봐!!!

경기

00 : 19

광도고등학교 농구부
스윽
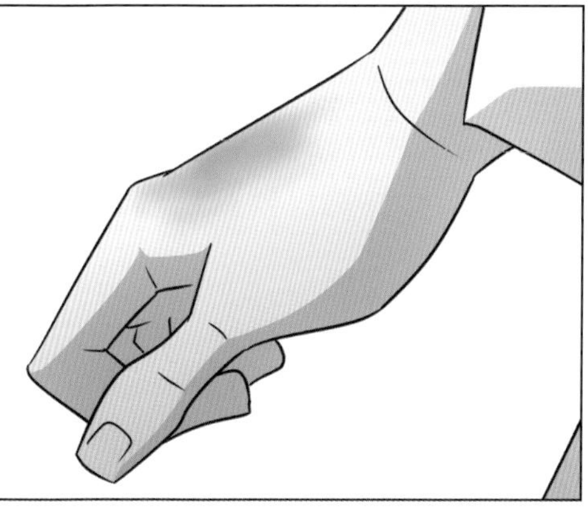

스윽

통
스윽

통
팍

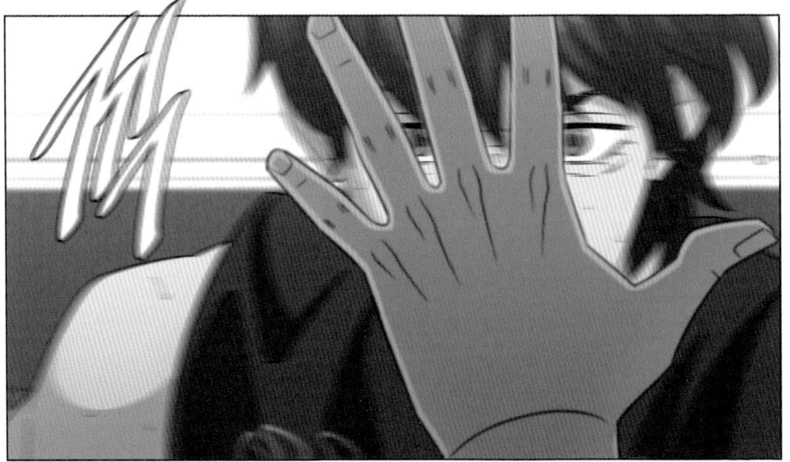

파

블록슛!?

대체
어떻게…!?

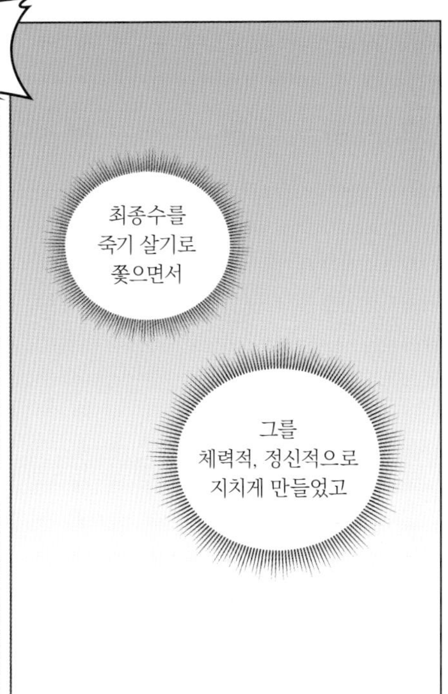
최종수를
죽기 살기로
쫓으면서
그를
체력적, 정신적으로
지치게 만들었고

뭔가 또
알아낸
기가…!?

그저

그로 인해
유발되는
최종수의 실수를
끝까지
집중력을 유지하며
놓치지 않았다.

ne OUT

00 : 15

장도고 지상고

4

90 : 88

GARBAGE TIME

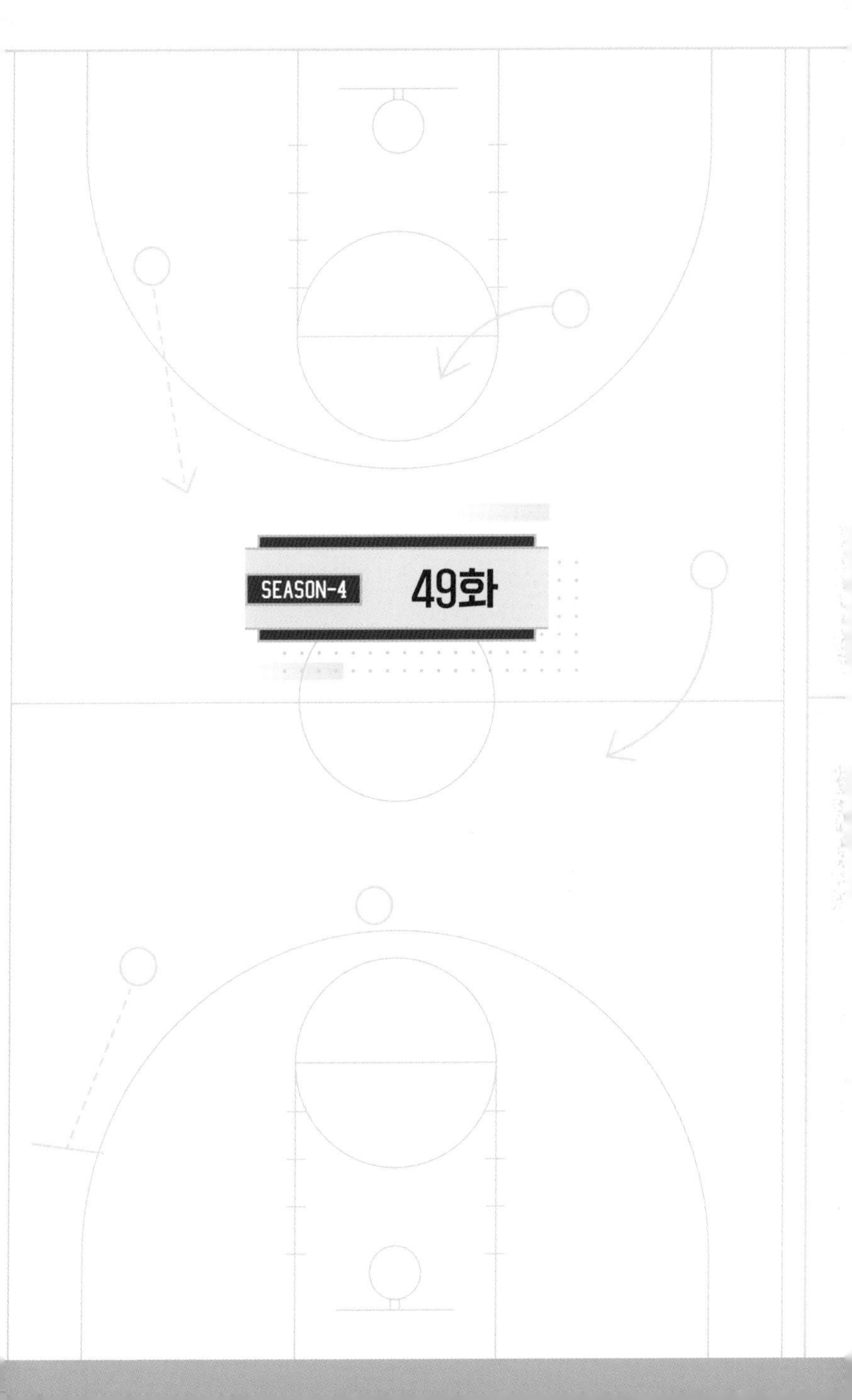
SEASON-4
49화

지상고
마지막
타임아웃!
아직 기회
남아 있다!

기뻐하기엔
상황이 그리
좋지 않은데…
지상고엔
4반칙이
두 명.
유일한 교체 자원은
부상으로 제 기량을
발휘할 수 없는 상태.

연장 승부는
최대한
피하고 싶겠지.
문제는
장도고 또한 이 점을
충분히 인지하고
있을 거라는 점.

사실상
3점슛만이
유일한 선택지인
외통수다.

이런 상황에선
아무리 공격 작전을
잘 수행한다 한들
완벽한 노마크 찬스를
만들기 쉽진 않을 거야.
수비
한 명 정도는
달고 던져야
할 수도 있는데…
역시
이럴 땐

성준수가
마지막 슛을….

하 씨…
그쪽 잘 막아라
보이겠다
그사이에
엄청 벌겋게
부어올랐는데…

통증은 쫌 줄었나?
똑같아요.

하 씨… 이거 봤을 거 같은데…
허여멀건 하니 티가 너무 난다
경기 중에 정신없는데 못 보지 않았을까요…?
글켔제…?

확실해?
네.
손등 쪽이 부어 있어요.

……

흠…

확실히

성준수가
마지막 슛을
던질 확률은
적어 보이는군.

굳이
성준수를 중심으로
모여 있는 것도 오히려
기만 같아 보인단
말이지.

내 생각에
마지막 슛은

진재유가
1순위.
2순위는…

기상호.
성준수는
그다음이다.

그럼
성준수는
버릴까요?

그건 안 돼.

림 근처로도
슛을 못 던질 정도의
심각한 부상은
아닌 거로 보이니.
그게 아니더라도
마지막 수비에
누군가를 버리는
도박적인 수비는
절대 안 돼.

이 상황에서
준수한테
슛을 맡기는 거는
도박이고…
만약 장도가
준수의 상태를
알고 있다면은 재유에게
주의가 집중될 테니
재유 쪽 찬스를
만드는 것도
쉽지 않다.

상호한테
맡기기에는
코너에서만
떤진다는 약점이
노출된 상태고.
좀 더
확실하게…
허를
찌르는 수가…

……
오케이.
얘들아.

3점 떤져가
여기서 게임 끝낼 기다.
JISANG 31

패턴 부르고
원샷 할 긴데
그 전에
니네들이 생각해야
될 거는…

니네들이
아무리 패턴 잘 맞춰도
깔끔한 노마크 찬스는
만들기 힘들 기다.
마지막 패스 받았으면
수비 한 명 붙어 있어도
걍 떤져야 돼.

혹시나,
만약에 패턴 도중에라도
저쪽 수비 미스로 찬스 나면은
시간 남는 거 신경 쓰지 말고
걍 슛 땡기래이.
그 정도로
찬스 만들기 힘들다. 알제?
이거 계속
생각하고 있어야 돼.
옙.

패턴 중간에 꼬여가 끊기면은 재유가 일대일.

그때는 다은이랑 태성이도 슛 떤질 준비 해야 된다.
옙.

매치업은 그대로 간다.

종수한테 진재유를 맡기고 싶지만

이미 움직임이 많이 무거워진 상태다.

정희찬!

엽.
하나
둘
셋
JISANG
JISANG
JISANG

지상!!!
잠깐.

이번에 손 밑으로 내리면서 한다.
?

갑자기요?
왜요?

그쪽이 더 간지나니까.

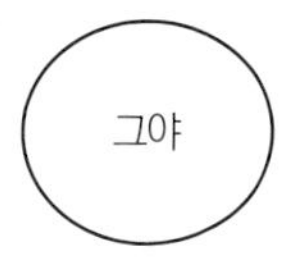
그야

씨익

마지막이
될 테니까
크게 합시다.
원 투 쓰리
지상!!!

최강!!!

우승!!!

JISANG

삑

오케이!

시간
충분하다!
천천히 하나
만들어봐!

…
준수의 매치업이
그대로 주찬양…
이규나
최종수를
붙일 줄
알았는데…
준수의 부상을
알고 있는 건가?

아니면 단순히
오늘 상호의 슛감이
더 좋았기 때문에…?
…하지만 이제 와서
작전을 수정할 순 없다.
애들을 혼란스럽게 할
뿐이니까.

…어찌 됐든

00 : 14

장도고 지상고

4

90 : 88

GARBAGE TIME

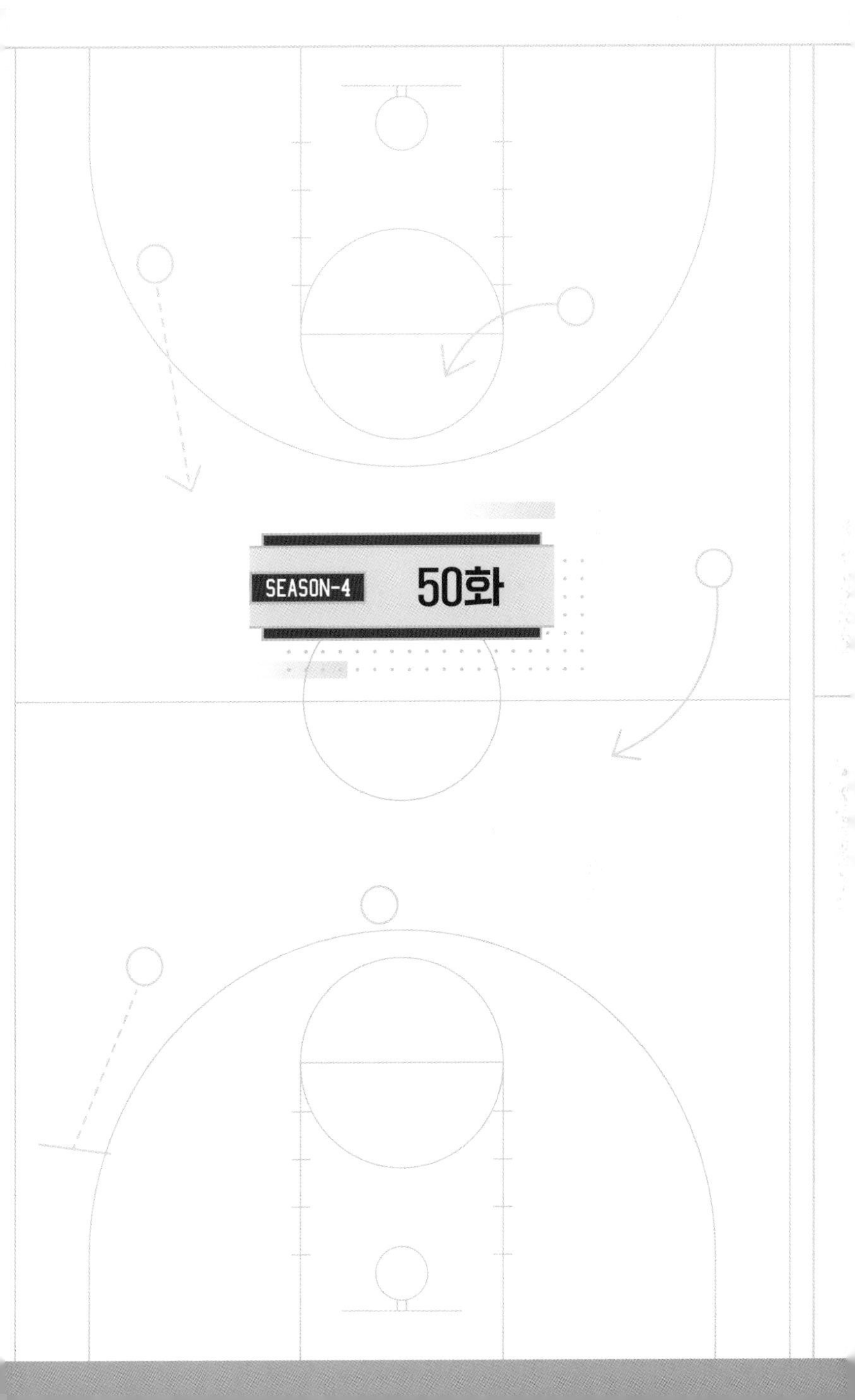
SEASON-4
50화

GARBAGE TIME

이번
대회 영상에선
못 봤던
세팅인데….

마지막 슛은

상호가
떤진다.
JISANG
6

예…
예!?

저 마지막 슛
한 번도 떤져본 적
없는데요…?
그럼 뭐 평생
안 떤질 기가?
괘안타.
그래도
성공률이…
마. 상호.
마지막 슛 넣는
상상 한 번 안 해본
농구 선수가
어딨다고…
니도 한 번쯤은
떤져보고 싶었을 거
아이가?
쫌 솔직해져라.
농구도
그만하고 싶은 거
아니잖아.

JISANG

뭐…
이래 말해도
결국 결정은
니가 하는 거지만
마지막 슛은
꼭 떤지래이.

후회가
남지 않게.

야.
혹시
마지막 슛 못 넣는다 해도
그거 때문에 졌다는 생각은
하지 마라.
승패는
경기 중에 만들어진
모든 득점이 쌓여서
결정되는 거야.
마지막 슛이란 건
그냥 순서가
마지막인 거뿐이지.
그러니까
마지막 슛에 크게
의미 부여하진 마.
이렇게 생각하면
던질 때 그나마
편하더라고.

져도
우리가 지는 거고.

이겨도
우리가
이기는 거니까.

있잖아요.

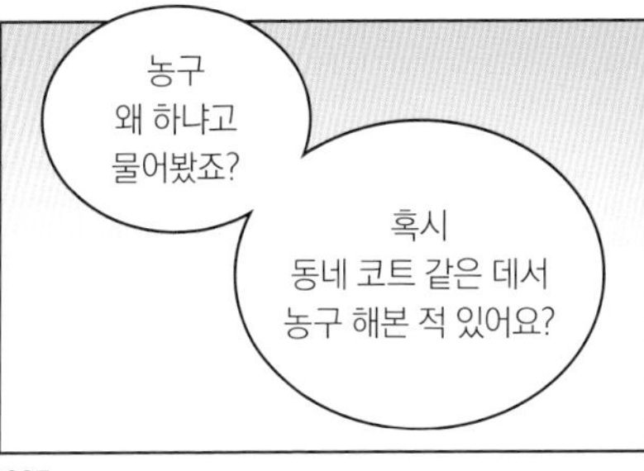
농구
왜 하냐고
물어봤죠?
혹시
동네 코트 같은 데서
농구 해본 적 있어요?

……
없구나….

전 몇 달 전에
한번 해봤는데
완전
재밌더라고요.

못한다고
뭐라 하는 사람도
없고
나만
재밌게 하면
그만이니까.

근데

이상하게…

지금은

그때랑
똑같은 기분이
들어요.

다른 사람이
어떻게 생각하는지는
상관없었어요.

농구를 하는
이유는 그냥
제가 즐겁기
때문이었어요.

00 : 06

6…
6번!!!
반대편 코너로
간다!!!
05
6
23
31
9
19
23

…No timeout remaining…
싹

최종수…
따라잡는다!

04

23
6
19
9
31
23

03
정면!?
파

…McGrady…

상호…!

가!!!

02

고마워요.

저를

필요한 사람으로
여겨줘서.

55

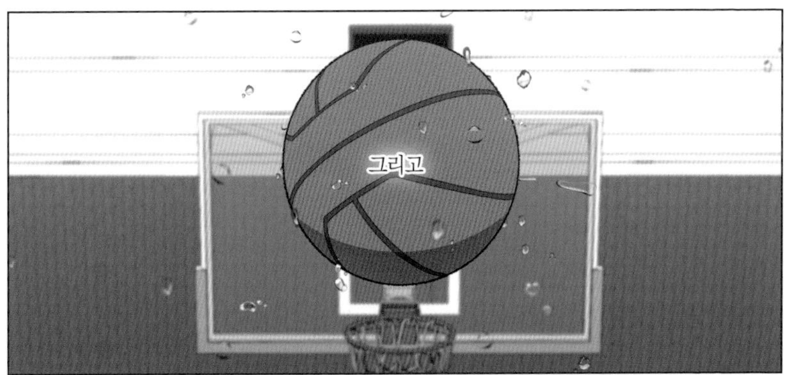
그리고

그동안

21

32
6

JISANG
6

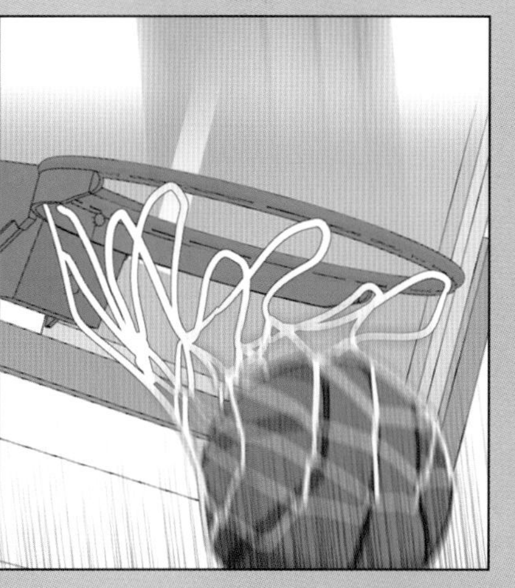

JISANG
JISANG

장도고등
JISANG

JISANG

함께 농구를 해줘서.

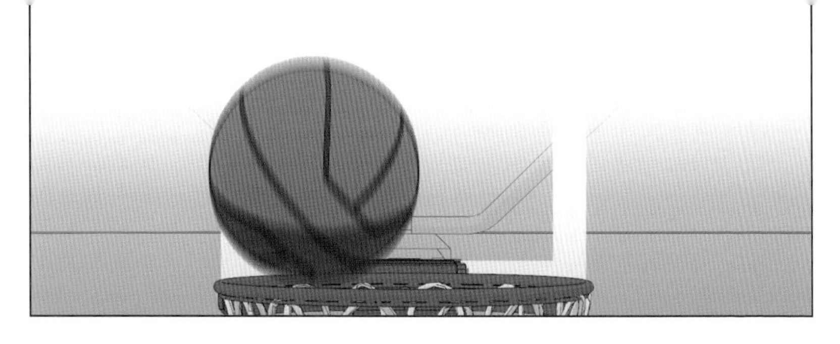

6

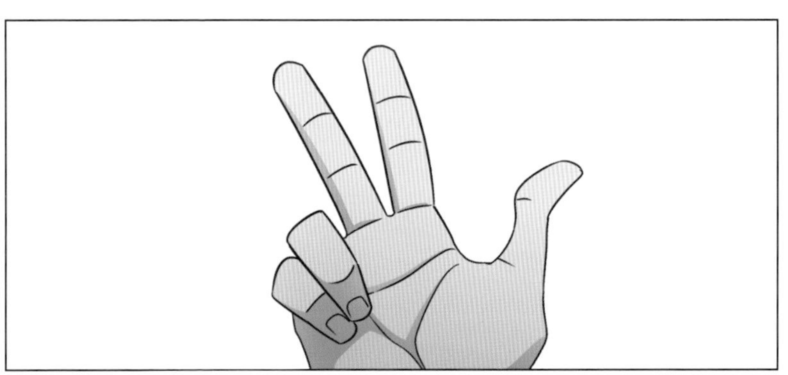

00 : 00
장도고 지상고
4
90 : 91

JISANG

JISANG

학교!
JISANG
23

쌍용기 전국남녀고교농구대회

결승

	장도고등학교	:	지상고등학교
1Q	17		22
2Q	30		5
3Q	15		26
4Q	28		38

90 : 91

우승

지상고등학교

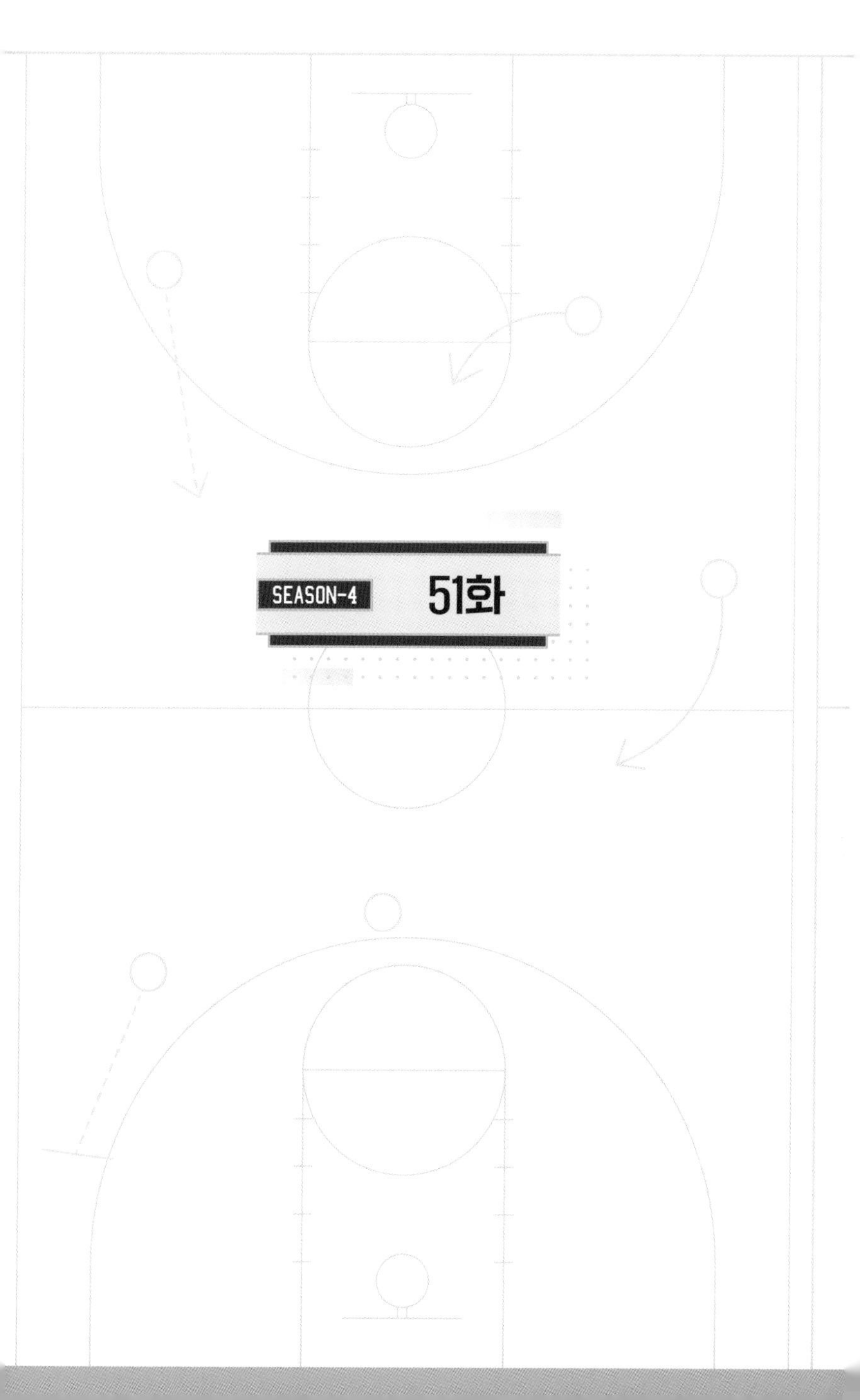

SEASON-4 51화

GARBAGE TIME

농구
한 게임
같이했으면

전부 다
친구라고요.

입 닥쳐.
다음에 만나면
개박살
내줄 테니까.

…언젠가는….

마.

그 짜치는
구호는 언제까지
쓸 긴데?
이제 쫌
바까라.
지상 최강이
뭐고?

와?

낸 맘에
드는데.

씨익

고생했다,
인마.
JISANG
4
11

응.
니도.

짝
짝
짝

짝
짝
짝
짝

JISANG
JISANG
JISANG
전국 고교 농구대회
(남고부)
優 勝
韓國中高籠球
상장
상장
상장

의료지원

어?

WONJOONG
영중이 형
오늘 왜 이렇게
일찍 왔어요?

지상고
우승하는 거 보니까
왠지 열받더라고.

지상고도
해냈는데
나도 어쩌면

최종수를
막고
우승도
할 수 있지
않을까.
WONJOONG

그럼요.

당연하죠.

병원에서
뭐래요?
좀
나아졌대요?

응.
쌤도
이제 경기당
20분까지
뛰게 해주시겠대.

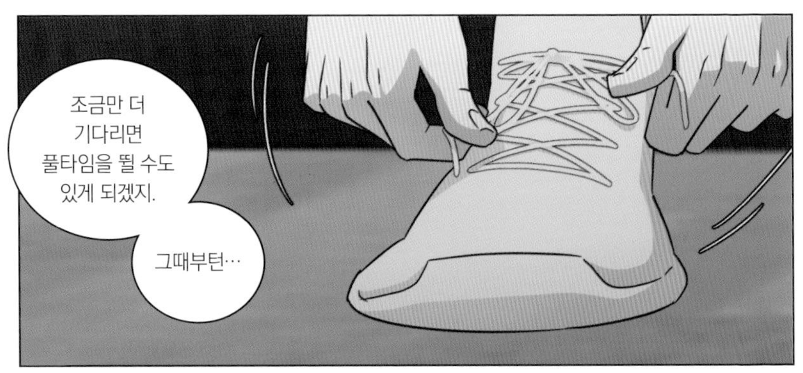
조금만 더
기다리면
풀타임을 뛸 수도
있게 되겠지.
그때부턴…

전부 다
쳐부숴주겠어…!

상언아!

사이드스텝
마지막 한 바퀴
남았다!
훗훗훗훗훗!

기정이가 떠났으니
앞으로의 공격 전술은
상언이가 중심이
될 거야.
출전 시간이
늘어난 만큼
수비력을 끌어올리지
않으면 안 돼.

앞으로
우리 팀을
이끌어가는 건

상언이
너일 테니까.
JINHOON

팟

오케이!
굿샷!
솨
아

후~!
신우 형님,
오늘은 무슨 주접을
떨고 계시는
겁니까?

풀업 3점
연습이야.

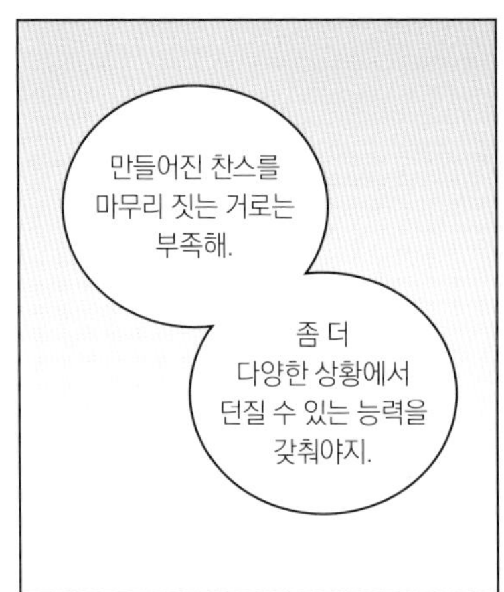
만들어진 찬스를
마무리 짓는 거로는
부족해.
좀 더
다양한 상황에서
던질 수 있는 능력을
갖춰야지.

더…

20권에서 계속

GARBAGE TIME

GARBAGE TIME

가비지타임 19

초판 1쇄 인쇄 2024년 9월 1일
초판 1쇄 발행 2024년 10월 15일

지은이 2사장
펴낸이 김선식

부사장 김은영
제품개발 정예현, 윤세미 **디자인** 정예현, 정지혜(본문조판)
웹툰/웹소설사업본부장 김국현
웹소설팀 최수아, 김현미, 여인우, 이연수, 장기호, 주소영, 주은영
웹툰팀 김호애, 변지호, 안은주, 임지은, 조효진
IP제품팀 윤세미, 설민기, 신효정, 정예현, 정지혜
디지털마케팅팀 지재의, 박지수, 신현정, 신혜인, 이소영, 최하은
디자인팀 김선민, 김그린
저작권팀 윤제희, 이슬
재무관리팀 하미선, 권미애, 김재경, 윤이경, 이슬기, 임혜정 **제작관리팀** 이소현, 김소영, 김진경, 박예찬, 이지우, 최완규
인사총무팀 강미숙, 김혜진, 지석배, 황종원 **물류관리팀** 김형기, 김선민, 김선진, 전태연, 주정훈, 양문현, 이민운, 한유현
외부스태프 리채, 하마나(본문조판)

펴낸곳 다산북스 **출판등록** 2005년 12월 23일 제313-2005-00277호
주소 경기도 파주시 회동길 490
전화 02-704-1724 **팩스** 02-703-2219 **이메일** dasanbooks@dasanbooks.com
홈페이지 www.dasan.group **블로그** blog.naver.com/dasan_books
종이 더온페이퍼 **출력·인쇄·제본** 상지사 **코팅·후가공** 제이오엘엔피

ISBN 979-11-306-5625-0 (04810)
ISBN 979-11-306-5621-2 (SET)

• 책값은 뒤표지에 있습니다.
• 파본은 구입하신 서점에서 교환해드립니다.
• 이 책은 저작권법에 의하여 보호를 받는 저작물이므로 무단 전재와 복제를 금합니다.

다산북스(DASANBOOKS)는 책에 관한 독자 여러분의 아이디어와 원고를 기쁜 마음으로 기다리고 있습니다.
출간을 원하는 분은 다산북스 홈페이지 '원고 투고' 항목에 출간 기획서와 원고 샘플 등을 보내주세요.
머뭇거리지 말고 문을 두드리세요.